Sir Gadabout, de mal en peor

Para Sarah y David Carlyle

Editorial Bambú
es un sello de Editorial Casals, S. A.

Título original: *Sir Gadabout Gets Worse*
© 1993, sobre el texto, Martyn Beardsley
© 1993, sobre las ilustraciones, Tony Ross
© 2010, sobre la traducción, Pere Martí Casado
© 2010, Editorial Casals, S. A.

Tel.: 902 107 007
www.editorialbambu.com
www.bambulector.com

Diseño de la colección: Miquel Puig

Primera edición: abril de 2010
ISBN: 978-84-8343-095-8
Depósito legal: M-538-2010
Printed in Spain
Impreso en Anzos, S.L., Fuenlabrada (Madrid)

Sir Gadabout, de mal en peor

Martyn Beardsley

Ilustraciones
Tony Ross

Traducción
Pere Martí Casado

bam bú
EDITORIAL

1. Un invitado muy importante

Hace muchos, muchos años, cuando todavía no existían los vídeos y tenías que elegir entre ver el partido de fútbol y perderte la película de James Bond o ver la película y perderte el fútbol, existía un caballero llamado sir Gadabout[1].

Era miembro de la famosa Tabla Redonda en el majestuoso castillo de Camelot, un lugar tan remoto, que hasta al repartidor de periódicos le costaba trabajo encontrarlo. Sir Gadabout era un súbdito leal del noble rey Arturo y de la reina, Ginebra, cuya visión aceleraba el corazón de todos los hombres. Además de su belleza y del hecho de que era tan hábil en trabajos de bricolaje como cualquier hombre, Ginebra había patentado hacía poco un método para curar el hipo, relacionado con el uso de una aguja de tricotar, un tubo de bucear y quinientos gramos de gelatina de fresa.

El rey y la reina eran unos gobernantes tan justos y sabios, y tan queridos por sus súbditos, que apenas

---

1. La traducción literal de la palabra Gadabout sería «callejero»: persona que va de aquí para allá sin hacer nada de provecho.

había desórdenes en sus territorios. De hecho, sir Lancelot, el Mejor Caballero del Mundo Entero, y los demás caballeros de la Tabla Redonda veían reducido su trabajo a darse empujones entre ellos de manera poco caballerosa para ser los primeros en luchar con cualquier dragón intruso que entrara por casualidad en el reino.

A sir Gadabout no le iban del todo bien las cosas en aquella época. Comparado con los otros caballeros, no era tan fuerte ni tan rápido, ni tan ágil, ni tan listo... Ni nada de nada. A pesar de todo, no hacía tanto tiempo que había rescatado a Ginebra de las horribles brujas Morag y Demelza. Había contado con una buena dosis de suerte, es verdad, pero eso parecía haberlo olvidado ya todo el mundo. Todo lo que sir Gadabout había con-

seguido desde entonces era dar un salto de pértiga con su lanza, accidentalmente, fuera del campo del torneo durante una justa, y enfrentarse a un «dragón», que resultó ser un sapo holandés cojo algo más grande de lo normal. No hace falta decir que ganó el sapo.

Un día, justo después de comer, un guardia avisó al rey Arturo de la llegada de unos visitantes.

–¿Quiénes son? –preguntó el rey.

–Sir Rudyard el Rancio y su séquito, majestad –dijo el guardia.

–Mentiría si dijera que he oído hablar de él. ¿Esperamos visitas hoy?

–No, Majestad. Pero dice ser un caballero al servicio del rey Meliodas de Lyonnesse.

–¿De verdad? –dijo pensativo el rey Arturo. Meliodas era un famoso gobernante y amigo suyo–. Si es así será mejor que recibamos a sir Rudyard el Rancio –se dirigió a sir Lancelot–: Creo que tendría que enviar a sir Tristram para recibirlo.

–Se ha ido de vacaciones, Majestad.

–Entonces quizás podría ir sir Bors.

–Se ha roto una pierna en su valiente intento de ayudar a lady Eleanor, Majestad.

–Se me había olvidado. Y ¿sir Mordred?

–Ha tenido que quedarse a esperar al revisor del gas.

Se produjo un largo silencio mientras el rey Arturo intentaba pensar en alguien más que pudiera recibir a los visitantes.

En aquel preciso momento, sir Gadabout asomó la cabeza por la puerta...

Sir Gadabout era muy trabajador y tenía buen corazón, pero no era lo que podríamos llamar «un caballero de primera». De hecho, se le consideraba oficialmente el Peor Caballero del Mundo. Era alto y delgado; la armadura le quedaba pequeña y llevaba la espada partida por la mitad y pegada con cinta adhesiva. A pesar de eso había estado a su lado en múltiples y desastrosas aventuras, al igual que Herbert, el fiel escudero que acompañaba a sir Gadabout a todas partes. Herbert era un joven bajito y rechoncho,

con el pelo liso y castaño, y con un flequillo que casi le tapaba los ojos. Sentía devoción por su señor y se había peleado muchas veces con todos aquellos que se habían atrevido a insultar a sir Gadabout.

Fue sir Gadabout el encargado de ir al encuentro de los visitantes. Acompañó al guardia hasta las inmensas puertas del castillo. Hicieron descender el pesado puente levadizo de madera por encima del foso y sir Rudyard el Rancio y su séquito lo atravesaron haciendo cataclic-catacloc con sus caballos.

–Saludos. Soy sir Gadabout y les doy la bienvenida a Camelot.

–Bien hallado, buen caballero. Soy sir Rudyard el Rancio, leal caballero del rey Meliodas de Lyonnesse.

Sir Rudyard era tan grande y gordo que a su pobre caballo parecía que se le fueran a doblar las patas en cualquier momento. Su armadura, color de caca de vaca, tenía incorporadas múltiples extensiones para poder acomodar su tripa hinchada, su papada y otras partes prominentes de su inmenso cuerpo.

Llevaba el escudo adornado con un emblema que representaba un plato lleno a rebosar de salchichas con puré de patatas, pero como no limpiaban muy a menudo el escudo, parecía que la comida estuviera pasada.

Cuando sir Rudyard abrió la boca para hablar, sir Gadabout observó que la tenía llena de dientes negros y amarillos tirando a marrones, y que sir Rudyard tenía la desagradable costumbre de escupir cuando decía alguna palabra que contenía la letra s. Su cara mofletuda le recordaba a sir Gadabout a una patata gigante con la nariz chafada y dos pequeños ojos como de cerdito.

–Esta es mi esposa, lady Belladonna –dijo sir Rudyard el Rancio para presentar a una mujer de tez delgada, con una nariz y una barbilla puntiagudas y una mirada envenenada–. Y este es mi escudero, Iván Peleas –Iván Peleas medía más de dos metros de alto, tenía unos brazos que parecían troncos de árbol y la cabeza, rapada, casi cuadrada–. Y por último, pero no por eso menos importante –dijo sir Rudyard–, mi perrito, Michael, conocido cariñosamente como Mick Loco.

El perro, un bulto negro cargado de pulgas, fue dando saltos hacia sir Gadabout, moviendo la cola, y se tumbó panza arriba juguetón.

–¡Oooh! –exclamó sir Gadabout, agachándose para hacerle cosquillas en la tripa–. Qué perro tan simp... ¡Ay!

Mick Loco acababa de clavar sus dientes en la mano del caballero.

–¡Tú lo has asustado! –lo acusó lady Belladonna con voz aguda, mientras el perro volvía dando saltos hacia su amo, esbozando una sonrisa vanidosa.

–Le pido disculpas –dijo sir Gadabout diplomáticamente, a la vez que dejaba un rastro de sangre por todo el patio–. ¿Qué le trae por Camelot, sir Rudyard?

–Venimos como humildes viajeros, perdidos entre la traicionera niebla que rodea Camelot, buscando la hospitalidad de unos caballeros amigos cuya generosidad es de sobras conocida.

–Ese maldito repartidor de periódicos nos ha indicado mal el camino –dijo lady Belladonna maliciosamente.

–Ahora sé buen chico y llévame ante el rey Arturo –dijo sir Rudyard.

–Enseguida –dijo sir Gadabout–. Mi escudero se encargará de los caballos mientras voy a ver si el rey está dispuesto para recibirlos.

Entretanto, el rey Arturo se había estado preparando para el encuentro con su distinguido invitado. Se había puesto el solemne atuendo real y la corona, y junto con la reina Ginebra se habían dirigido al salón del trono en el que recibían siempre a los visitantes ilustres.

–¿A qué viene todo esto de los visitantes, Gads? –preguntó el rey, mientras se ponía cómodo en el trono tachonado de diamantes con su famosa espada, Excalibur, a su lado.

–Buscan cobijo temporalmente, majestad. Se han perdido de vuelta hacia Lincoln West.

—Lyonnesse —susurró Herbert, que era muy bueno en geografía y podía nombrar todas las capitales de Europa y parte de las de Oriente.

—Nunca le hemos negado la entrada en Camelot a nadie. Hazlos pasar —sentenció el rey Arturo.

Sir Gadabout y Herbert fueron a buscar a sir Rudyard para la audiencia con el rey.

—El rey Meliodas es un gran gobernante, con un ejército de caballeros casi tan famosos como los de la Tabla Redonda —comentó sir Gadabout a Herbert por el camino.

—Sir Rudyard el Rancio no tiene pinta de ser un gran caballero —remarcó Herbert—. Y tampoco parecen andar muy perdidos. Si quiere saber mi opinión, aquí hay gato encerrado.

Sir Gadabout siempre prefería ver el lado bueno de las personas, así que ignoró los comentarios de su escudero y llevó a los visitantes ante el rey.

—Majestad, permítame que le presente a sir Rudyard el Rancio de... de... Lyme Regis.

—¡Lyonnesse! —le susurró Herbert con resignación.

Sir Gadabout volvió a empezar:

—Majestad, permítame que le presente a sir Rudyard el Rancio de Lyonnesse; a su esposa, lady Belladonna y su escudero Iván Peleas. Ah, y este es su perro Michael.

—Conocido cariñosamente como Mick Loco —añadió sir Rudyard.

—Es un placer conocerlos —dijo el rey Arturo—. Cualquier caballero de mi amigo el rey Meliodas es bienvenido aquí. ¡Y qué perrito tan encantador!

El perro se acercó dando saltos alegremente al rey, que se inclinó para acariciarlo. De repente Mick Loco hizo un movimiento rápido y le mordió la nariz al rey.

—¡Has hecho un movimiento demasiado brusco! —se quejó amargamente lady Belladonna con su estridente voz—. Has asustado al pobre Michael.

—Qué desconsiderado por mi parte —contestó el rey, mientras notaba cómo le ardía su dolorida nariz.

Pero sir Rudyard estaba pendiente de otra cosa, de la magnífica espada del rey:

—Y esta debe de ser la famosa Excalibur.

—Efectivamente —el rey Arturo acarició orgulloso su enjoyada empuñadura.

—Dicen —comentó sir Rudyard—, que tiene un valor incalculable, e incluso que posee poderes mágicos.

—Quizá haya algo de cierto en esas palabras —asintió el rey—. Pero estarán cansados y hambrientos después de tan largo viaje. Descansen un rato, y esta noche celebraremos un gran banquete en su honor.

—Todavía es más generoso de lo que me habían contado —dijo sir Rudyard, y añadió—: Estoy seguro

de que sentarme y cenar a su lado será un especial y fastuoso inicio de nuestra estancia.

Desgraciadamente no había perdido la costumbre de escupir cada vez que pronunciaba la letra *s*. El rey Arturo, muy bien educado, no se pudo limpiar la cara hasta que se marcharon. Ordenó a Herbert

que los acompañara a las habitaciones de invitados.

Herbert guió a los visitantes escaleras arriba, hacia las amplias y bien amuebladas estancias. Por el camino, Mick Loco intentó arrancarle un trozo de tobillo a Herbert cuando nadie miraba, pero el escudero, que ya desconfiaba de los recién llegados, se apartó de un salto justo a tiempo. Sin embargo, lady Belladonna vio de reojo lo que había pasado.

–¡Ha intentado darle una patada a Michael! –se quejó.

–He tropezado, mi señora. Ha sido un accidente.

Iván Peleas apretó sus enormes puños y lanzó una mirada tan feroz a Herbert que la pintura de una de las puertas de las habitaciones de invitados empezó a agrietarse.

–Estoy seguro de que no ha sido nada –dijo sir Rudyard, salpicando de saliva a Herbert a cada *s* que pronunciaba.

Herbert se sintió aliviado una vez que estuvieron dentro de las habitaciones. Pero justo en el momento que se daba la vuelta para irse, los oyó hablando al otro lado de la puerta.

–¿Os habéis fijado? –preguntó la voz de sir Rudyard el Rancio.

–¡Ez tan bonita! –dijo Iván Peleas.

–¡La quiero ahora mismo! –dijo lady Belladonna.

–Paciencia, querida –oyó a su marido–. Cada cosa a su tiempo –y estalló en una carcajada diabólica.

–¡Lo sabía! –se dijo Herbert mientras se retiraba–. Definitivamente aquí hay gato encerrado.

2. Un banquete y muchos problemas

Aquella tarde, antes del banquete, Herbert informó a sir Gadabout de sus descubrimientos.

–Los he oído hablar sobre una cosa «bonita» y de que la «querían». Sir Rudyard dijo que «cada cosa a su tiempo» con una voz muy sospechosa, señor.

–No juzgues siempre por las apariencias, Herbert. Puede que parezcan gente rara, y que no tengan las mismas costumbres que nosotros, pero eso seguro que se debe a que proceden de otro país. Tenemos que ser tolerantes. Al fin y al cabo, se han perdido.

Pero Herbert no estaba en absoluto convencido. Por una vez en la vida, utilizó el cerebro en lugar de los músculos, y pronto se le ocurrió un plan. No se lo contó a sir Gadabout, por si acaso no lo aprobaba. En vez de eso, acabó de cumplir con sus obligaciones. Ayudó a sir Gadabout a ponerse su mejor ropa para asistir al banquete (la mejor camisa azul de sir Gadabout tenía unas manchas de yogur en una manga que se resistían a desaparecer. Herbert consiguió taparlas utilizando un rotulador azul). Finalmente, metió en la cama a Elvis, el osito de peluche de su señor,

con una bolsa de agua caliente, y entonces pudo irse.

Sin dudarlo ni un momento, Herbert se escabulló de Camelot y se dirigió hacia la casita de Merlín, situada en medio del bosque Willow. Sólo con pensar en la casa, Herbert se ponía a temblar. Merlín era el temible y a la vez gran mago del rey Arturo: un hombre alto y huesudo, con unos ojos azules hipnotizadores y unas greñas grises, al igual que su barba. Había sido Merlín quien volvió invisible a Herbert para que rescatara a Ginebra, una experiencia poco agradable, especialmente cuando quiso sonarse la nariz y no se la pudo encontrar.

Pero Herbert no iba a ver a Merlín, sino a su gato, gruñón y descarado, pero más listo que el hambre: Sidney Smith.

Herbert vio el viejo cartel delante de la puerta del jardín de Merlín que advertía:

CUIDADO CON LA TORTUGA

No le hizo mucho caso. La última vez, la tortuga guardiana suicida había intentado saltarle encima desde un árbol, pero había fallado por unos cuantos metros.

Esta vez había algo diferente: el picaporte. Antes había un pomo en el que decía: «TIRAR», y cuando tirabas salía un martillo en el que decía: «LLAMAR». Ahora, en el viejo cartel donde ponía «TIRAR» había atado un trozo de cuerda que llegaba hasta el suelo. Herbert, obediente, lo agarró y dio un buen tirón. Pronto se hizo evidente que el cordel era más largo de lo que parecía; seguía por el jardín hasta llegar a un viejo garaje destartalado, y estaba atado a la puerta de este. Con el tirón de Herbert, la puerta se abrió.

Se oyó un chasquido metálico, y poco después el rugido del motor de una moto que se ponía en marcha con gran estruendo. De repente, una tortuga con una chupa de cuero, un casco y unas gafas de motorista, salió zumbando del garaje en una pequeña moto.

–¡Al ataque! –gritó, con una sonrisa que helaba la sangre.

Herbert se apartó de un salto en el último momento y fue a parar a la balsa del jardín de Merlín. La moto chocó con el escalón de la entrada a 120 kilómetros por hora, catapultando al conductor que quedó empotrado en el buzón.

La puerta de la casita se abrió y Sidney Smith, el gato pelirrojo de Merlín, con desdén, dejó tirada a la aturdida tortuga en la entrada.

–La próxima vez tendrá más suerte, Doctor McPherson.

El desafortunado reptil se marchó cojeando y triste, de vuelta al garaje, arrastrando su abollada máquina sin vida y refunfuñando:

–Vuelta a la mesa de dibujo.

Cuando Sidney Smith vio cómo Herbert se arrastraba para salir de la balsa, levantó una ceja pretenciosamente.

–¿Has llamado?

Herbert escupió un tritón que se había tragado y se dirigió hacia el gato, que sonreía irónico, chapoteando ruidosamente con los zapatos.

–¿Por qué...?

–Eh, eh, cerebro de mosquito. ¡Eso ha sido idea de Merlín, no mía!

Herbert recordó la razón por la que había ido allí y, haciendo un esfuerzo considerable, se contuvo.

–Estaba a punto de decir lo contento que estoy de volver a verte –dijo, escurriéndose el agua del dobladillo de los pantalones.

–Eso significa que estás tramando algo.

–Más o menos. Pero no se trata de ningún asunto mío.

Herbert le contó al gato la llegada de los extraños visitantes y sus sospechas.

–Esta noche se celebrará un banquete en honor de Rancio. He pensado que sería una buena idea que pudieras sacar tus propias conclusiones: echarles un vistazo y a ver si puedes oír algo. Estoy seguro de que tienen un plan.

Sidney Smith dijo bostezando:

–Lo siento, pero esta noche me toca lavarme los bigotes.

–Ya suponía –dijo Herbert astutamente, usando el cerebro en vez de los músculos por segunda vez en el mismo día– que te parecería demasiado arriesgado, tratándose de Mick Loco, un perro, mientras que tú sólo eres un gato...

–¡Tonterías! –resopló Sidney Smith entrecerrando sus verdes ojos.

–No tienes que avergonzarte de nada. No es muy grande, pero es una bestia salvaje. En casa estarás fuera de peligro.

–No me asusta ningún chucho arrugado –protestó Sidney Smith mientras afilaba sus uñas en la destartalada puerta de Merlín–. Espérame aquí mientras voy a por el paraguas. Iré al banquete.

Como Herbert era un simple escudero no estaba invitado al banquete. A pesar de que únicamente los

caballeros y sus damas podían asistir, Iván Peleas estaba presente para servir a sir Rudyard el Rancio. Al único caballero que se había atrevido a oponerse y que se lo había dicho a Iván Peleas en persona, se le socarró el pelo con una sola mirada asesina del gigante. (Después de lo sucedido, sólo aceptó ir al banquete si le dejaban llevar el casco puesto).

Sidney Smith se coló en el Gran Salón intentando pasar desapercibido. La larguísima mesa estaba repleta de comida y bebida de todo tipo, y los músicos tocaban los violines y las gaitas desde una galería su-

perior. El rey Arturo y la reina Ginebra presidían la mesa, con sir Rudyard el Rancio y lady Belladonna a su lado, e Iván Peleas pendiente de sus necesidades. Eran suficientemente considerados como para estar sentados al lado del hogar, que chisporroteaba, lo que quería decir que Sidney Smith podría llevar a cabo sus tareas de espionaje acurrucado y calentito.

Pero cuando llegó, se encontró con la desagradable sorpresa de que otro se le había adelantado. Un perro negro, pequeño y robusto, estaba repanchingado delante del fuego, panza arriba y con las patas estiradas: Mick Loco. Había elegido el mejor sitio y dormía feliz moviendo de vez en cuando las patas en el aire, mientras soñaba dulcemente con morder a los caballeros de la Tabla Redonda en diferentes partes del cuerpo.

Sidney Smith se acercó sigilosamente al confiado perro, le levantó una oreja, tomó aire y gritó con todas sus fuerzas: «¡Horadelbaño!». Mick Loco dio un salto y soltó un chillido terrible, y salió a toda prisa del Gran Salón sin mirar atrás. Fue visto más tarde temblando y lloriqueando debajo de una de las mesas de la biblioteca.

Satisfecho, Sidney Smith se acurrucó delante del fuego y escuchó atentamente la conversación entre el rey y los visitantes. Pero a medida que pasaba el rato, como no decían nada interesante, tuvo que hacer un gran esfuerzo para no dormirse.

Sir Rudyard se estaba rellenando la boca con comida como si se tratara de la última comida del año. Escupía migas encima de los otros invitados mientras decía cosas como: «¡Sensacionales y sabrosas salchichas, señor!».

Lady Belladonna seguía quejándose:

—¡Esto tiene muy mal sabor! ¡Esto no está bien guisado! –e inmediatamente se embutía cualquier cosa en la boca de la manera más desagradable. Iván Peleas estaba abriendo cocos con sus propias manos y se zampó en un abrir y cerrar de ojos un cerdo asado entero, destinado a alimentar a veinticuatro personas como mínimo. El rey Arturo observaba la escena atónito, pero era demasiado educado como para decir nada. Mientras tanto, a sir Gadabout se le había doblado el cuchillo accidentalmente y estaba intentando enderezarlo sentándose encima de él cuando nadie lo miraba.

Para entonces, Sidney Smith ya estaba seguro de que los temores de Herbert eran producto de su diminuta mente, y estaba a punto de dormirse... cuando de repente algo sucedió. Se dio cuenta de que sir Rudyard guiñaba el ojo a Iván Peleas, quién dejó encima de la mesa el pastel del tamaño de un mamut que estaba a punto de devorar y salió del Gran Salón. Al poco rato volvió cargado con una bota enorme, que depositó al lado de sir Rudyard, guiñándole el ojo de nuevo intencionadamente. Sir Rudyard el Rancio se levantó.

–Majestad, damas y caballeros –anunció–. Les pido que me acompañen en un brindis con esta bebida especial del rey Meliodas. Es el mejor vino de Lyonnesse y estamos seguros de que él querría que lo compartiéramos con todos ustedes en agradecimiento por su hospitalidad.

Sir Rudyard empezó a llenar copas con el vino de la bota y a repartirlas entre los invitados. Sidney Smith se puso en pie de un salto para advertir al rey Arturo de que estaba seguro de que la bebida contenía alguna sustancia peligrosa. Pero antes de poder hacer nada, oyó detrás de sí un profundo gruñido que reflejaba un tremendo enfado. Se dio la vuelta justo a tiempo para ver cómo Mick Loco pegaba un bote hacia donde él estaba con sus dientes afilados al descubierto. Sidney Smith lo esquivó, y el perro acabó con un trozo de pata de la mesa entre los dientes.

La cacería había comenzado. Mick Loco era muy rápido, pero Sidney Smith era ágil y conocía los pasillos y galerías de Camelot como la palma de su mano, o mejor dicho como la palma de su pata. Hizo dar vueltas al perro, de un lado a otro, mientras es-

te no paraba de ladrar y dar mordiscos al aire. Finalmente se pudo deshacer de él abriéndose paso a través de una abertura detrás de una estantería. Cuando Mick Loco lo siguió, se le quedó la cabeza atascada y soltó un chillido. Por mucho que lo intentó y por muchas patadas que dio, no consiguió liberarse. Sidney Smith se deslizó por el otro lado y se dirigió a toda prisa hacia el Gran Salón.

Llegó demasiado tarde. Todo el mundo acababa de brindar en honor al rey Meliodas. La bebida, fuera lo que fuera, había empezado a surtir efecto...

El rey Arturo hacía el pino y canturreaba «Al

corro de la patata», la reina Ginebra se creía que era el hada del árbol de navidad y estaba subiéndose por el tronco de un enorme ficus, y sir Gadabout estaba intentando convencer a la gente de que una vez había descubierto la ciudad perdida de la Atlántida en el bolsillo trasero de los pantalones de ir al huerto. El resto de los caballeros de la Tabla Redonda se comportaban de una manera igual de ridícula. Y sir Rudyard el Rancio, lady Belladonna e Iván Peleas habían desaparecido.

A la mañana siguiente se descubrió pronto que otra cosa había desaparecido con ellos...

3. ¡La han robado!

Por la mañana temprano, Herbert irrumpió en la habitación de sir Gadabout.

–Señor, ¿se ha enterado? ¡Han robado Excalibur!

–Oh, mi pobre cabeza –gimió sir Gadabout–. ¿Qué has dicho?

–Excalibur, la espada del rey Arturo, ha desaparecido. Y a él también le duele la cabeza...

Sir Gadabout se levantó despacio y empezó a vestirse. Cualquier movimiento brusco acentuaba el martilleo que notaba dentro de su cabeza.

–Vamos fuera a tomar el aire –dijo–. Allí me lo cuentas todo.

Al salir, se cruzaron con Sidney Smith que sorbía leche en un plato.

–¿Has oído lo que ha pasado con Excalibur? –gritó Herbert–. La han...

–Robado. Lo sé –dijo el gato pelirrojo entre sorbo y sorbo–. Y eso no es todo lo que sé.

–¿A qué te refieres? –preguntó sir Gadabout.

–Sé quien la ha robado.

—Sal fuera con nosotros —le dijo sir Gadabout rascándose su pobre y dolorida cabeza—. Salíamos a respirar un poco de aire fresco.

Tan pronto como pusieron un pie fuera, sir Gadabout se tapó los oídos con las manos.

—¡Ay! ¡Ay! ¿Quién está haciendo ese ruido?

Se oían fuertes golpes metálicos procedentes de detrás de los establos.

Cuando fueron a investigar se encontraron con sir Rudyard el Rancio y su séquito. Tenían el equipaje hecho y estaban preparados para irse, pero parecía que sir Rudyard estaba practicando con la espada. Iván Peleas arrancó de raíz un roble de más de nueve metros como si fuera una mala hierba y lo sostuvo dejando la mitad del tronco en el aire. Sir Rudyard blandió la espada y cortó el tronco por la mitad de un golpe.

—¡Fantástico! —exclamó.

A continuación, Iván Peleas agarró la espada —parecía un cuchillo de cocina en sus manos— y arremetió contra una gran roca de granito cortándola en rodajas como si de una zanahoria se tratara.

—La ezpada, no tiene ni un razguño —comentó Iván.

—Espera un momento —dijo sir Gadabout.

—¡Es Excalibur! —gritó Herbert.

—Eso es lo que intentaba deciros —dijo Sidney Smith.

Sir Rudyard se limpió su grasienta boca con el dorso de la mano y parpadeó con sus ojillos de cerdito hundidos en su cabeza de patata.

–¿Dos tontos y un gato intentan decirme a mí que mi propia espada, conocida como... hummm... Rayo Intrépido, y que hace más de cuarenta años que limpio y pulo, es la famosa espada del rey Arturo, Excalibur?

Sir Gadabout sabía perfectamente que aquella espada era Excalibur, pero como sir Rudyard era el invitado del rey, se trataba de un asunto delicado, y no podía lanzar al vuelo aquellas acusaciones tan serias hasta que no tuviera una prueba definitiva.

–Sólo hemos hecho una observación en relación a cierta similitud que...

–¡Te está llamando mentiroso! –chilló lady Belladonna con su nariz puntiaguda temblándole de auténtica rabia.

–Le aseguro, mi señora...

–¡Ahora me está llamando mentirosa a mí! –gimió mientras repentinamente un mar de lágrimas le recorría las mejillas.

–¿Cómo te atreves? –bramó sir Rudyard completamente enfurecido.

–Ay Señor... –se lamentó sir Gadabout. Y fue a ofrecerle un pañuelo a la llorosa lady Belladonna.

–¡Cuidado Ruddy! –gritó–. ¡Nos quiere matar! ¡Córtale la cabeza con Excal... con Rayo Intrépido!

–¡Monstruo! –gruñó sir Rudyard con sus pequeñas y carnosas mejillas moviéndose con indignación–. Señor, me ofende la vista. Me veo obligado a pedirle a mi escudero que los acompañe fuera de mi presencia.

El suelo retumbó mientras Iván Peleas avanzaba a grandes pasos hacia sir Gadabout y sus leales compañeros.

–Parece que ha habido un pequeño malentendido. Debo advertirle señor Peleas que soy un caballero entrenado en las artes del combate y... ¡Aaah!

La voz de sir Gadabout se fue apagando cuando el gigante hizo un amasijo con los tres. Era como si estuviera haciendo pan. Los chafó, los golpeó, los amasó y los aplastó hasta que formaron una masa de armadura, ropa y pelo pelirrojo. Pero en vez de meterlos en el horno, los lanzó rodando, como si fueran una bola de bolos, por donde habían venido.

Sólo pudieron detenerse al chocar con unas lecheras que salieron volando como si fueran los bolos. Mientras tanto, sir Rudyard y su séquito partieron apresuradamente en medio de una nube de polvo.

Sir Gadabout, Herbert y Sydney Smith consiguieron desenredarse y sacudirse el polvo de encima.

–¿Habéis visto cómo se reía ese perro loco? –soltó Sidney Smith indignado.

–Me gustaría ver lo que hace ese Peleas en un combate justo –masculló Herbert alisándose el pelo alborotado.

–¿No te parece bastante justo uno contra tres? –se mofó Sidney Smith.

Entonces, Sidney Smith les contó todo lo que había visto la noche anterior.

–Tenemos que informar al rey Arturo inmediatamente –dijo sir Gadabout.

–¡A ver cómo se las apaña ese Peleas con todo un ejército de caballeros de la Tabla Redonda! –exclamó Herbert–. Pero que conste que me habría podido encargar de él yo solo si no me hubiera pillado por sorpresa. Soy más alto de lo que parezco.

–Es poco probable que podamos reunir un ejército –dijo Sidney Smith–. El rey está acostado en su habitación a oscuras y ha ordenado que nadie le moleste, y Lancelot y los otros todavía tienen peores resacas.

No son capaces ni de levantar una cucharada de cereales, así que imagínate una espada. Tenemos que ir tras Mick Loco, quiero decir tras Excalibur, nosotros solos.

—Yo tampoco me veo muy capaz de levantar una espada —se lamentó sir Gadabout.

—Pero la diferencia es que tú nunca has sido capaz de levantar una espada —señaló Sydney Smith—, así que eso no tiene demasiada importancia. Además, me tienes a mí.

Herbert iba a encararse con el gato por haber insultado a su señor, pero sir Gadabout intervino:

—Tiene razón. Tenemos que ir tras Excalibur enseguida. Ensilla a Pegasus, sin hacer ruido.

Pegasus era el caballo de sir Gadabout (un saco de huesos patizambo que había rescatado de un establo para caballos jubilados porque le dio pena).

Al cabo de poco rato ya estaban en marcha, pero avanzaban lentamente. Cada vez que Pegasus ponía una pezuña en el suelo, sir Gadabout notaba como si le estuvieran golpeando en la cabeza con un martillo. «¡Ooh!... ¡Aah!...¡Ooh!». Sydney Smith viajaba en una de las alforjas de Herbert y no parecía sentir ninguna compasión por el delicado estado de sir Gadabout.

No eran muchos los caminos que salían de las puertas de Camelot y al principio les resultó fácil decidir qué dirección tomar. Cada cierto tiempo se en-

contraban con alguien dando botes y con marcas de dientes en los tobillos, o vendándose fuertemente una mano: así sabían que Mick Loco no podía andar lejos.

Pero a medida que se alejaban de Camelot, era más difícil seguirles el rastro. La última pista que encontraron fue la de un gato agarrado a la rama más alta de un árbol, con los pelos de punta, los ojos abiertos

de par en par reflejando miedo y horror, y los dientes castañeteándole tan fuerte que no podía ni hablar.

Justo cuando tenían que tomar una decisión acerca de qué camino tomar, vieron una casita ante ellos.

–Podríamos preguntar allí –sugirió sir Gadabout.

–¿No la reconoces? –dijo Sidney Smith, que por supuesto tenía muy buena vista.

–Tiene... tiene un aire familiar...

Era una casita roja con una chimenea de una altura excepcional.

–¡Que me aspen si no es la casita de Morag! –exclamó Herbert.

Morag era la bruja que, junto a su hermana De-melza, había secuestrado a Ginebra. Sir Gadabout se bajó la visera del yelmo. La última vez que había estado allí le habían echado encima sustancias desa-gradables y malolientes.

–Ejem, no creo que sepa nada de todo esto –dijo en voz baja.

–Hay un cartel en la puerta –dijo Sidney Smith–. Por lo menos vamos a ver lo que dice.

Así pues, se acercaron a la casita y echaron un vistazo al cartel de madera clavado en la puerta.

–Espero que eso signifique que resuelven los ase-
sinatos –comentó sir Gadabout inquieto.

–Esto es justo lo que necesitamos, señor: detectives.

–Es lo último que necesitamos –dijo Sidney Smith
mordazmente.

–Supongo que merece la pena intentarlo. ¿Qué
otra cosa podemos hacer? –dijo sir Gadabout, y lla-
mó a la puerta.

4. Morag y Demelza

Abrió la puerta una mujer con el pelo oscuro y largo, una gran nariz ganchuda y una prominente barbilla.

–¡Ah! –exclamó Demelza–. El gran sir Gadabout y sus amigos. No pongas esa cara de preocupado, mi hermana y yo hemos dejado atrás nuestros días de brujas. El trabajo de detective es una profesión honrada y altruista, y también, ejem, con él se gana más dinero.

–Ya lo veo –dijo sir Gadabout, no muy convencido–. Bueno, he venido...

–¡Ya sabemos a lo que has venido! Los poderes de deducción de mi hermana ya se han puesto en marcha; os espera en su despacho.

–¡Ooh! –dijo Herbert mientras seguían a Demelza–. Tal vez sea verdad que son detectives.

Pasaron por delante de un recorte de periódico enmarcado y colgado en la pared en el que ponía: «Morag resuelve el misterio del hombre de la nariz azul. El jefe de la policía dice: "Sabía que *él* conseguiría resolverlo"».

Y a pesar de que el nombre «Morag» parecía ha-

ber sido escrito en un trozo de papel y pegado encima de otra palabra, sir Gadabout pensó que seguramente se debía a un simple error de impresión, y quedó muy impresionado.

Y no le quedó la menor duda después de descubrir otra cosa colgada en la pared. Al lado de la puerta que Demelza estaba abriendo en aquel momento había un diploma enmarcado: «Este diploma certifica que Morag Broomspell estudió la licenciatura en Aptitudes de Detective el 12 de noviembre y que superó el examen

el 13 de noviembre. Firmado Clegg Glotón, Escuela a Distancia de Detectives, Acupuntura y Arquería».

Morag estaba de pie al lado de la chimenea cuando entraron en la habitación. Era más alta que Demelza y tenía el pelo largo y gris. Tenía puesto su habitual vestido andrajoso confeccionado con un saco viejo, pero además llevaba en la cabeza un sombrero de cazador del mismo tipo que el de Sherlock Holmes. Estaba fumando en una vieja pipa que todos recordaban bien, y cuando se acercaron, les echó un humo fétido y de color verdoso a la cara. Era tan desagradable que a Sidney Smith se le pusieron los bigotes mustios. Morag sujetaba la pipa con una mano y con la otra metida en el bolsillo se apoyaba con aire indiferente en el repecho de la chimenea.

–A ver –empezó a decir mientras los miraba de arriba abajo–. Habéis venido a caballo. Estáis buscando a dos... no, a tres personas y a un perro. Deduzco que se trata de dos hombres: uno gordo y repugnante, y el otro enorme y musculoso. Hay también una mujer... delgada y desagradable. Y el perro sospecho que no es muy grande, pero es astuto y tiene los dientes largos y afilados.

–¡Increíble! –gritó sir Gadabout.

–¿Cómo has podido deducir todo eso con sólo mirarnos?

–Tengo mis propios métodos –dijo ella sin inmutarse.

–Enséñanos la mano –le pidió Sidney Smith.

Morag, a regañadientes, les enseñó la mano, que estaba envuelta en una gruesa venda manchada de sangre.

–Han pasado por aquí hace una hora –confesó de mala gana–. Pero lo podría haber deducido yo sola aunque no hubiera sido así: examinando el color del barro de vuestras botas y, ejem, si alguno de vosotros cojea, y ese tipo de cosas.

–¡Extraordinario! –dijo sir Gadabout, cuya admiración no había disminuido.

–Casi convertimos a aquella bestia en un perrito faldero, sin dientes, con cintas rosas... –empezó a decir Demelza.

–Pero ahora ya no hacemos ese tipo de cosas –se apresuró a añadir Morag.

–¡Maldita sea! –dijo en tono de protesta Sidney Smith–. Se vuelven honradas cuando más las necesitas.

–¡Ah! –dijo Demelza–. Pero os podemos ayudar de otra manera. Mi hermana, utilizando sus incomparables habilidades detectivescas, os puede indicar dónde buscarlos.

–Elemental, mi querida Demelza. El caso del Gordo Malvado y su Perro Demente es por descontado muy singular. Habiendo estudiado numerosas colillas de cigarro, huellas y formaciones de nubes, sugiero que prosigáis en dirección nornordeste la distancia de dos campos de fútbol, hacia la Señal de la Corona.

–Carretera abajo hacia el *pub* –tradujo Demelza.

–A continuación muchas leguas al oeste, hacia la Séptima Convergencia, donde recuerdo haber resuelto el caso del sabueso de los Braithwaites...

–Bajando por la carretera del Caballo de Carga, torced por la Séptima Bifurcación –explicó Demelza–. Allí se encontró el *yorkshire terrier* de su tía la semana pasada.

–Después de eso tenéis que buscar una persona alta, con un vestido oscuro y con un sombrero acabado en punta.

–¡Una bruja! –gritó Herbert.

–No –dijo Demelza–, un policía, para preguntarle el camino. Pasado este punto os encontraréis en la remota región de Lyonnesse, donde la niebla nunca se levanta y el único sonido que se oye es el aullido

de los lobos. Los más audaces y valientes han viajado a aquel lugar y no se los ha vuelto a ver nunca más. Allí es donde se encuentra el castillo de sir Rudyard el Rancio.

Por un momento pensaron que habían oído a alguien teclear furiosamente en la habitación de al lado, pero enseguida descubrieron que eran los dientes de sir Gadabout castañeteando.

–¿Hace un poco de f-frío aquí dentro, no? –comentó de manera poco convincente.

Morag se dio una palmada en la cabeza y se dejó caer en una silla.

–Me siento exhausta después de esta brillante deducción. Demelza, trae mi violín.

–Pues imagínate cómo estarías de cansada si ellos no te hubieran dicho hacia donde iban –añadió Sidney Smith sarcástico.

Sir Gadabout dio las gracias apresuradamente a Morag y Demelza y se despidió. Cuando alcanzó la puerta, Morag, recuperándose de forma extraordinaria, se levantó de la silla de un salto y les bloqueó el paso.

–Me alegro de haber sido útil. Creo que mis honorarios os parecerán muy razonables.

–¿Qué?... Eh... oh, claro. –Y Herbert, que era el

que llevaba el dinero de sir Gadabout, tuvo que soltar una suma considerable de dinero antes de que pudieran reanudar su camino.

Llegaron pronto al *pub* y después siguieron por la carretera del Caballo de Carga, pero les costó dos días enteros llegar hasta la Séptima Bifurcación. El tiempo cambió radicalmente nada más dejar atrás la carretera principal. Pasaron de un agradable sol a una niebla espesa y húmeda, tan densa que únicamente podían ver unos cuantos pasos por delante. La humedad se le metió en el pecho al pobre y viejo Pegasus, y le hacía toser tanto que parecía un burro. Los lobos aullaban y se oían murmullos misteriosos procedentes de los árboles y los arbustos que los rodeaban. Tenían la certeza de que alguien los estaba observando.

De repente, en la oscuridad divisaron una figura oscura tumbada en medio del camino. Al principio les pareció un fardo de trapos, pero cuando se acercaron se dieron cuenta de que era un perro. Y cuando se acercaron un poco más reconocieron... a Mick Loco.

Estaba tumbado boca arriba, apenas podía mover un músculo y lloriqueaba como un niño. Era una visión lastimosa.

–Le han atacado los lobos –dijo Herbert.

–Si a él le pueden hacer eso –dijo tragando saliva sir Gadabout–, ¿qué será de nosotros?

5. Castillo Rancio

–Dejémoslo aquí –dijo Herbert acordándose del mordisco en la mano de su señor.

–No podemos hacer eso –dijo Sidney Smith para sorpresa de todos; pero después añadió:– ¡Acabemos con su agonía!

–El deber de un caballero de la Tabla Redonda es ayudar a cualquier persona o animal que se encuentre en peligro –dijo sir Gadabout. Fue a echar un vistazo al perro herido, y Mick Loco reunió fuerzas para mover su mustia cola.

–Ya pasó, ya pasó; buen chico –dijo sir Gadabout acariciándole la cabeza. El perro soltó un débil gemido–. Está cubierto de sangre, pobre criatura.

Sidney Smith levantó la nariz y olfateó el aire.

–Más bien huele a...

–¡Aaaaayyyyy! –gritó sir Gadabout. Mick Loco se había levantado de un salto y había clavado sus amarillos y perversos dientes en la nariz del caballero.

–... salsa de tomate –acabó la frase Sidney Smith.

Sir Gadabout bramaba, daba saltos y se retorcía, intentando liberarse de la pequeña bestia.

–¡Do be lo buedo quidar de la dariz!

Cuando Herbert y Sidney Smith se unieron a la pelea, salieron volando puñetazos y mechones de pelo. Desafortunadamente, el entusiasmo fue tal que recibió más sir Gadabout que Mick Loco, que seguía pegado a él como una garrapata.

–¡A bi do! ¡A él! –gritaba sir Gadabout, al que los afilados dientes ya le hacían saltar las primeras lágrimas.

Finalmente, los esfuerzos de Herbert y de Sidney Smith dieron sus frutos y a Mick Loco no le quedó otro remedio que soltarlo. Se fue corriendo como un rayo, riéndose, y desapareció entre la niebla.

–Te ha dejado la napia hecha polvo –comentó Sidney Smith. Y en efecto, la nariz de sir Gadabout, que todavía le ardía de dolor, parecía más bien una remolacha.

–Yo me encargo, señor –dijo Herbert, yendo a buscar el equipo de primeros auxilios que siempre llevaba consigo por si acaso. Aplicó un poco de ungüento en la dolorida nariz de su señor y después se la envolvió con una pequeña venda.

–Por lo menos –dijo sir Gadabout una vez recuperado del susto–, esto significa que no estamos muy lejos del castillo de sir Rudyard.

Continuaron, despacio y con mucha cautela, por el mismo escalofriante y tenebroso camino, intentando ignorar los gritos amenazadores de los lobos y el aleteo de los murciélagos.

Después de casi una hora, Sidney Smith dijo de repente:

–¿Oléis eso?

–No –contestó Herbert.

–Yo do buedo oler dada –protestó sir Gadabout.

–Es un olor muy desagradable. Un olor como de... ¡rancio!

Prevenidos por el olor, desmontaron de sus caballos, los ataron y continuaron a pie. Y justo después de la siguiente curva, sus ojos se encontraron con una visión terrorífica: Castillo Rancio.

Era un edificio feo, lúgubre y siniestro. Los buitres volaban a su alrededor y se podían ver esqueletos esparcidos a los pies de sus gigantescas y hostiles murallas. A sir Gadabout se le pusieron los pelos de punta con tanta fuerza que su yelmo salió disparado y Herbert, demostrando cierta práctica, lo cazó al vuelo.

–Mirad –dijo Sidney Smith, señalando un reducido grupo de gente fuera de las murallas del castillo: eran sir Rudyard el Rancio y sus acompañantes.

–Me acercaré a ver si descubro lo que están haciendo –anunció Sidney Smith. Y se marchó arrastrándose sigilosamente, con la panza rozando la hierba, como cuando cazaba pájaros. Finalmente, se escondió detrás de un arbusto, cerca de donde estaban reunidos sir Rudyard y los suyos.

Vio que estaban repantigados alrededor de una gran cesta de *picnic*. Sir Rudyard tenía su inmensa masa corporal inclinada sobre la cesta y se estaba comiendo unos huevos duros sin quitarles la cáscara siquiera; y lady Belladonna estaba sorbiendo unos plátanos negruzcos y podridos (ya que esa era la única manera de podérselos comer).

Se oyó un crujido, sir Rudyard se había comido el último huevo y empezaba a devorar una gran trucha –le gustaba comerse primero los ojos y después

mordisquear las escamas. A Sidney Smith se le hizo la boca agua.

–Peleas –dijo sir Rudyard escupiendo trozos de pescado en todas direcciones–, al Gadabit aquel lo tendremos pronto aquí, a no ser que Mick Loco haya conseguido asustarlo. ¿Crees que funcionará nuestro plan?

–¡El plan ez fantáztico!

Sidney Smith aguzó las orejas. ¿De qué plan estaban hablando? Decidió que tenía que ir a ver lo que estaba haciendo el gigante. Parecía estar inclinado sobre el escudo y la lanza de sir Rudyard, muy atareado, manipulándolos. Fuera lo que fuera, el astuto gato dedujo que debía de tratarse de alguna triquiñuela por si acaso sir Gadabout lo desafiaba a una

justa. Sidney Smith dudaba de si aquel gandul baboso podría ganar a sir Gadabout incluso en una justa limpia. ¿Pero qué tipo de artimaña estaba tramando?

Mick Loco estaba tumbado boca abajo, satisfecho, royendo un gran hueso (que tenía pinta de ser un fémur humano). Sidney Smith quería trepar a un pequeño peral que tenía cerca, para así poder ver con claridad lo que estaba haciendo Iván Peleas, pero sabía que los perros tienen un oído finísimo, y que al más mínimo ruido que hiciera, la bestia salvaje lo oiría.

No obstante, si algo tenía claro Sidney Smith era que confiaba en sí mismo, así que decidió intentarlo. Se fue acercando al árbol muy despacio, después trepó rápidamente por el tronco utilizando sus afila-

das uñas y se instaló en una de las ramas. Perfecto: ¡no se había oído ni él mismo! Ahora podría ver qué estaba tramando Iván.

Pero se había olvidado de una cosa, y es que los perros no solamente tienen buen oído.

Mick Loco paró de roer el hueso y empezó a olisquear. Husmeó hacia el norte, husmeó hacia el sur, hacia el este y hacia el oeste. Se le erizaron los pelos del cogote. Se levantó husmeando otra vez y se dio la vuelta hacia el peral.

Sidney Smith maldijo su suerte. Sabía que el estúpido perro no podría alcanzarlo mientras estuviera subido al árbol, pero una vez que diera la voz de alarma, Iván Peleas era lo bastante alto como para atraparlo sólo con alargar la mano. Tenía una única salida. Abandonó toda pretensión de mantenerse en silencio, dio un salto desde la rama y corrió tan rápido como pudo.

Podía oír a Mick Loco gruñendo y dando mordiscos al aire detrás de él. Sidney Smith fue presa del pánico. Era imposible que pudiera llegar a tiempo hasta donde estaban sus compañeros, y además no le servirían de mucho.

Se arriesgó y cambió de dirección; salió del camino y se adentró en el bosque oscuro y denso. Casi inmediatamente, se encontró con un par de ojos amarillos brillantes y malvados. Un lobo. Se volvió hacia

la derecha, pero dos ojos centelleantes más lo observaban. Fuera donde fuera, únicamente veía ojos de lobo entreabiertos e imperturbables. Estaba rodeado.

Pero Sidney Smith no se había pasado años haciéndole compañía a un mago en vano. Tuvo una idea. Bajo las enseñanzas de Merlín, no solamente había aprendido a hablar con los humanos, también había aprendido a conversar en múltiples lenguas de animales. En su mejor lobo, dijo:

–¡Uf!, chicos, os he estado buscando por todas partes. Se trata de ese Mick Loco de Castillo Rancio. Dice que este bosque no es lo bastante grande para vosotros y para él, y que piensa echaros. Ahora mismo viene hacia aquí. Sé que vosotros sois muchos más, y estoy seguro de que sois muy valientes, pero él tiene unos dientes grandes y amarillos y...

En ese instante, Mick Loco entró corriendo en medio del círculo de lobos. Hubo mordiscos y saltaron mechones de pelo por los aires –pero ninguno pelirrojo–. Sidney Smith se escapó corriendo en dirección a sir Gadabout y Herbert.

No había dado ni cincuenta pasos cuando oyó un gemido grave e intenso que venía de arriba. Levantó la vista y vio a Mick Loco en la rama de un árbol, donde lo habían lanzado los lobos, asqueados por su

olor a rancio y su piel tan dura. La cola y las orejas de Mick estaban llenas de mordiscos y por todo el cuerpo tenía heridas y calvas. Soltó un rugido y pegó un salto hacia Sidney Smith.

Pero el gato había tenido tiempo de concentrarse.

–Hasta el Doctor McPherson lo habría hecho mejor –remarcó Sidney Smith con calma mientras se apartaba. Como si fuera un torero, sostuvo a un lado la bolsa que llevaba repleta de pequeñas monedas.

Antes de estamparse contra el suelo, la mandíbula de Mick Loco se cerró alrededor de la bolsa. Pasado el doloroso trago, el perro empezó a sentirse mareado. Se alejó cojeando, y cada vez que ponía una pata en el suelo se oía un tintineo procedente de su tripa.

Sidney Smith sonrió y se fue corriendo a contar su hazaña a sus compañeros.

6. El arma secreta de sir Rudyard

–**¿Qué demonios estarán** tramando? –se preguntó sir Gadabout.

–Sabe que vamos tras él –dijo Sidney Smith–. Estará tramando algún plan para asegurarse que te vencerá en una justa. Así el rey Arturo no podrá reclamar que le devuelva Excalibur, porque el Rancio dirá que la ha ganado en una lucha limpia.

–Pues tengo que descubrir qué están haciendo exactamente –dijo sir Gadabout.

–Voy con usted, señor –dijo el fiel escudero.

–Sabía que lo harías –sir Gadabout le dio una palmada amistosa en la espalda. Se fueron deprisa hacia donde Sidney Smith les había dicho que encontrarían a sir Rudyard. Pero ahora Mick Loco estaba haciendo guardia marchando arriba y abajo, husmeando el aire y moviendo las orejas en todas direcciones. De vez en cuando soltaba un ladrido feroz por si acaso se le escapaba alguien, para que pensara que lo había visto. Era peligroso dejar en ridículo a Mick Loco, y todavía más, si lo hacía un gato. Para empeorar las cosas, comerse la bolsa de Sidney Smith le había provocado hipo al desesperado perro, lo que le hacía tintinear como una hucha de juguete.

–Parece que estamos en una situación muy delicada –valoró sir Gadabout.

–Déjemelo a mí, señor –dijo Herbert. Sacó un suculento bistec de su bolsa que estaba destinado a la próxima comida. Lo ató a un trozo de cuerda bien largo y se subió al mismo árbol en el que había estado Sidney Smith. A continuación lanzó la carne, que olía magníficamente, en dirección a Mick Loco.

El perro detuvo la ronda, levantó la nariz y empezó a olisquear frenéticamente. Palmo a palmo se fue abriendo paso hacia el bistec, a pesar de que no podía verlo en medio de la alta hierba. Y cada vez que el perro se acercaba, Herbert tiraba del bistec hacia él.

–Venga, ahora es el momento, señor –susurró Herbert.

–¿Eh? –dijo sir Gadabout–. Oh, ¡ya te entiendo!

Se arrastró hacia unos arbustos y se situó de tal manera que podía entrever a Iván Peleas y a sir Rudyard, que todavía estaba repantigado junto a la cesta de *picnic*. Se estaba llenando la boca de ciruelas, tres kilos de golpe, y trituraba los huesos con los dientes. Iván Peleas estaba manipulando la lanza y

el escudo de sir Rudyard, aunque lo hacía en secreto y sir Gadabout no podía verlo bien. Pero la situación estaba a punto de cambiar.

Mick Loco había llegado mientras tanto justo debajo del árbol en el que se escondía Herbert. Este movía el bistec en el aire y hacía saltar al perro, que intentaba atraparlo. Sabía que no podría mantener el juego eternamente, pero confiaba en dejar exhausto a Mick antes de tirarle el bistec.

De repente, Iván Peleas se levantó.

—La lanza y el ezcudo eztán preparadoz.

—Muy bien –dijo sir Rudyard–. Buen trabajo, Peleas. Vamos a probarlos.

Lentamente, y haciendo un gran esfuerzo, se puso en pie.

—La lanza primero –Iván Peleas le dio a su señor la lanza que había estado manipulando a escondidas. Sir Gadabout se dio cuenta de que el extremo de la lanza, que tendría que haber sido una punta afilada

y brillante, era negro y redondo, como si le hubieran atado una especie de bola.

–Simularemos que voy a caballo –dijo sir Rudyard–. Y que aquella gran roca de allí es sir Gadalot. Vamos allá.

Echó a correr arrastrando los pies, inmediatamente empezó a resoplar y a jadear, y redujo la marcha a un trote inestable, hasta que a dos metros de la roca se de-

tuvo con la cara roja y sin aliento. Le dio la lanza a Iván.

–Toma... hazlo tú... –dijo respirando con dificultad.

El gigante agarró la lanza y la clavó en la roca. La extraña punta de la lanza explotó, y cuando se hubo disipado el humo, la roca se había hecho añicos.

–¡Ya es tuyo! –gritó lady Belladonna con alegría.

–Ay, señor –murmuró sir Gadabout por lo bajo.

–Y ahora, el escudo –ordenó sir Rudyard–. Yo lo sujetaré, y tú, Peleas, me atacas con una lanza normal.

Clavó firmemente los pies en el suelo y sujetó el escudo a la altura del pecho. Sir Gadabout se dio cuenta de que colgaban alambres de la parte inferior. Iván Peleas avanzó hacia su señor con otra lanza y acometió contra el escudo. Se oyó un ruidoso ¡¡boing!! y la parte central del escudo salió disparada, haciendo volar por los aires a Iván Peleas.

Sir Gadabout se sintió un poco mareado.

Iván Peleas aterrizó en el árbol donde estaba Herbert. Este chilló, la rama se rompió y Herbert cayó al suelo como un saco de patatas y se encontró sentado en el suelo, dolorido y frente a Mick Loco. Sir Gadabout salió corriendo para socorrerlo, pero antes de que la sangre llegara al río, se oyó la voz de sir Rudyard bramando:

–¡¡¡Gadalot!!! ¿He de suponer que tú y tus tontos amigos habéis venido a robarme la espada que

llevo cuidando como si fuera un hijo desde hace más de cincuenta años?

–Esa espada es Excalibur, y pertenece al rey Arturo –dijo sir Gadabout intentando parecer valiente–. Y por eso te desafío a una justa para poder recuperar la espada y devolvérsela a mi rey.

–Ya veo. Ejem, ¿tú eres el tonto al que llaman sir Gadalot, torpe, gruñón y un desastre viviente con armadura?

—Yo no habría dicho que es un «gruñón» –dijo Sidney Smith, y se ganó por ello una colleja de Herbert.

—Mi nombre es sir Gadabout.

—Muy bien. ¡Entonces lucharemos como auténticos caballeros por Excal... quiero decir por Rayo Intrépido, al amanecer!

7. Sir Gadabout afronta las consecuencias

Después de una fría y espantosa noche acampados frente a Castillo Rancio, sir Gadabout se levantó cuando todavía estaba oscuro y Herbert le ayudó a ponerse la armadura.

–¿Qué tengo que hacer? Soy la única esperanza del rey; tengo que recuperar Excalibur, y me toca luchar contra lanzas que explotan y escudos que rebotan.

–No se preocupe, señor –dijo Herbert–. Hablé con Sidney Smith anoche y hemos ideado un plan...

Una multitud se había reunido para presenciar la justa. Hasta había algunas personas que apoyaban a sir Gadabout, y este supuso que lo hacían porque habrían sufrido a manos de sir Rudyard. A pesar de que la mayor parte de la muchedumbre gritaba pidiendo la cabeza de sir Gadabout, entre el gentío se podía ver a Iván Peleas acercándose a cada persona y blandiendo un enorme garrote. Tan pronto como empezaban a gritar: «¡Matad al payaso de Camelot!», y otras cosas por el estilo, Peleas les daba cinco peniques y pasaba al siguiente grupo. Un locutor de Castillo Rancio

grító a través de un megáfono: «¡Cinco minutos para que empiece la justa! Que gane el mejor, y si eso no fuera posible, que gane el peor, sir Gadalot».

Herbert y Sidney Smith se acercaron a sir Gadabout.

–Parece que estás algo más... gordo –comentó sir Gadabout cuando vio al gato.

–Ayer me harté de pescado para cenar –contestó Sidney Smith guiñando el ojo a Herbert. Y a continuación hicieron una cosa muy rara. Sin mediar más palabras con sir Gadabout, se fueron deprisa hacia la zona del campo de batalla de sir Rudyard.

—¡Esperad, se supone que tenéis que ayudarme a prepararme! —gritó sir Gadabout estupefacto.

—Ahora mismo volvemos, señor —respondió Herbert.

Los dos conspiradores corrieron hacia Iván Peleas, que estaba ayudando a sir Rudyard a montar en el caballo. El detestable caballero les dirigió una mirada llena de odio y gritó:

—¡Mick!

El perro surgió de la nada, con los ojos inyectados en sangre y mostrando los dientes amarillos con sed de venganza. Ignoró a Herbert y se fue derecho hacia Sid-

ney Smith. El gato bastante-más-gordo-que-de-costum-
bre simplemente se quedó quieto maullando indefen-
so. La boca del perro se abrió de par en par –no se podía
creer que tuviera tanta suerte–. ¡Ñam! Sus mandíbulas
se cerraron alrededor del cuerpo de Sidney Smith como si lo fuera a partir por la mitad. ¡Clong! Sus afiladí-

simos dientes se clavaron en la armadura especial del gato, cubierta con pelo pelirrojo. Durante la noche se había apropiado de la armadura de uno de los esqueletos que se encontraban alrededor de Castillo Rancio. Herbert le había cortado el pelo bien corto con unas tijeras, y el montón de pelo resultante lo habían pegado a la armadura. Sidney Smith se reía cruelmente mientras que Mick Loco se retorcía lloriqueando y escupiendo dientes en todas las direcciones.

Mientras tanto, Herbert se acercó a Iván Peleas, que se estaba preparando para darle el escudo a sir Rudyard. Su cabeza le llegaba a la cintura.

–¿Has visto alguna vez uno de estos? –le preguntó Herbert, mostrándole su puño cerrado con mucho cuidado, como si tuviera algo muy valioso escondido dentro.

El gigante bajó su afeitada cabeza y clavó la mirada en el puño de Herbert, que soltó el gancho más fuerte que había dado en toda su vida. La fuerza del puñetazo fue a parar a la mandíbula de Iván Peleas, y le causó tanto dolor a Herbert que le recorrió todo el cuerpo, desde el brazo a las botas, llegándole a desatar los cordones. Por un momento, Iván se quedó de pie como si nada hubiera pasado. Herbert comenzó a temblar: ¡su mejor puñetazo no había surtido ningún efecto! ¡El plan no salía como habían previsto!

A continuación, el gigante miró hacia el cielo.

–¡Veo laz eztrellaz! –exclamó. Y se desplomó como un árbol cortado perdiéndose en medio de una nube de polvo.

Herbert se quedó mirando su puño.

–¡Lo he conseguido!

–¡Date prisa! –gritó Sidney Smith.

–Siempre he dicho que soy más fuerte de lo que parezco –dijo Herbert mientras volvían corriendo hacia sir Gadabout.

–¿Dónde estabais?

–Aquí tiene su lanza y su escudo, señor.

–Este no es mi escudo...

–Venga, que ya le toca salir, señor.

–Pero...

–¡¡Que empiece la justa!! –gritó el locutor.

–¡Me destrozará! –gritó sir Gadabout mientras Pegasus empezaba a trotar tranquilamente.

Sir Rudyard espoleó a su caballo. Le brillaba una chispa de maldad en los ojos.

–¡Excalibur será mía! ¡¡Al ataque!!

Se oyó un estrépito de cascos repicando y los dos caballeros chocaron. Hay que decir que sir Gadabout cerró los ojos y soltó un grito, y que su lanza pasó a metros de distancia de sir Rudyard. La lanza de sir Rudyard golpeó el escudo de sir Gadabout (te-

niendo en cuenta, claro está, que no era realmente el escudo de sir Gadabout). La lanza-bomba se encontró con el escudo rebotador con unas consecuencias funestas. Se oyó un fuerte ¡¡¡buumm!!! surgió una nube de humo y se vio a sir Rudyard salir disparado como un cohete y desaparecer en el cielo, en direc-

ción a Budapest. Excalibur se le cayó de la vaina y aterrizó detrás de un seto, justo al lado del campo de batalla. A sir Gadabout se le quedó la cara ennegrecida y su armadura echaba humo, pero aparte de eso había resultado ileso. Se fue a toda prisa a recuperar la espada enjoyada.

Él, Herbert y Sydney Smith aprovecharon el caos para escabullirse con la preciada espada del rey Arturo, de vuelta a Camelot.

Allí fueron tratados como héroes: la reina Ginebra los cubrió de besos («El rey la ha echado mucho de menos», les dijo), y el rey Arturo les estrechaba la mano y les daba palmadas en la espalda. Sidney Smith se aseguró de que todo el mundo viera su ingeniosa armadura, que todavía conservaba las marcas de los dientes de Mick Loco; y Herbert narró orgulloso cómo había derrotado al Hombre Montaña.

–En realidad –dijo–, mis músculos parecen tan grandes como los suyos, si pongo los brazos así...

Sir Gadabout estaba siendo muy modesto con su victoria.

–Es sólo cuestión de apuntar bien al principio y después mantener la calma y no ponerse nervioso...

Y a pesar de que todo el mundo sabía en el fondo que sir Gadabout seguía siendo el Peor Caballero del Mundo, tuvo que pasar bastante tiempo antes de que lo volvieran a mencionar.

Índice

Martyn Beardsley

Martyn Beardsley ha vivido siempre en Nottingham. Ejerció de funcionario del estado durante muchos años y actualmente vive concentrado en su carrera de escritor. Además de ser autor de literatura juvenil, una de sus grandes pasiones es la historia. En el año 2002 publicó la biografía de sir John Franklin, el explorador del Ártico. Le gusta leer, el deporte, mantenerse en forma y practicar yoga. Martyn Beardsley está casado y tiene una hija.

Tony Ross

Tony Ross es un ilustrador y autor británico. Estudió en la Escuela de Arte de Liverpool. Más tarde, trabajó de dibujante de cómic, de diseñador gráfico y de director de arte en una agencia de publicidad. Publicó su primer libro en 1976 y desde entonces no ha dejado de ilustrar, tanto sus propios textos como los de otros autores de primera fila. Ha obtenido en tres ocasiones el *Silver Paintbrush Award*. Ganó el *Dutch Silver Pencil Award* al mejor texto de autor extranjero y se convirtió en el número uno de ventas en el Reino Unido en 1987. En 1986 obtuvo el *German Children's Book Prize*.

Sir Gadabout es una de sus series más populares.